CHOIX

D'IMPROVISATIONS.

C.

CHOIX

DES

IMPROVISATIONS

DE

ALFRED. BESSE.

PARIS

TOLRA ET HATON, LIBRAIRES-ÉDITEURS,

RUE BONAPARTE, 68.

1865

CHOIX

DES

IMPROVISATIONS

DE

ALFRED BESSE.

PARIS

TOLRA ET HATON, LIBRAIRES-ÉDITEURS,

RUE BONAPARTE, 68.

1865

PRÉFACE.

Bien que Boileau dise fièrement à Molière tout en se plaignant, comme on sait, de la plus rude entrave des vers :

La rime est une esclave et ne doit qu'obéir,

cet idéal peut être réalisable pour quelques poètes privilégiés, mais il n'en est pas ainsi de l'improvisateur. Il devient à son tour esclave de la rime et, plus que personne, peut avec raison accuser les exigences de cette reine tyrannique de la versification française.

Il ne m'appartient pas de faire ressortir les difficultés de l'improvisation ; tout le monde les comprend d'ailleurs, et j'aurais mauvaise grâce à débuter ici autrement que par mes humbles poésies. « Les poètes français », dit M. l'abbé W. MOREAU, dans sa brochure : *Un jeune Poète improvisateur,* — « les poètes français maudissent les règles

« de notre prosodie alors qu'ils peuvent à
« l'aise choisir et leurs sujets et leurs
« phrases, réfléchir et corriger dans le
« silence : quelles ne doivent donc pas être
« les appréhensions de l'improvisateur !
« Pensées bizarres, rimes incohérentes,
« mots imposés, rhythmes les plus étranges,
« tout peut, selon les exigences du par-
« terre, se trouver réuni dans un même
« cadre, et il faut au pauvre poète affronter
« le feu de la rampe avant d'avoir pu faire
« autre chose qu'entrevoir la solution de
« tant d'inextricables difficultés.

« L'improvisateur, en effet, affronte un
« public d'autant plus exigeant qu'il croit
« moins à la possibilité absolue de l'impro-
« visation. Nous avons eu, du reste, chez
« nous, peu de poètes en ce genre ; et, si
« nous exceptons M. Eugène de Pradel
« dont les succès prodigieux ont captivé,
« il y a vingt ans, l'Europe émerveillée,
« nous ne comptons, sous ce rapport, que
« de rares célébrités.

« En Italie, l'art d'improviser en vers est
« facilement arrivé au plus haut degré de

« succès ; mais le grand et précoce déve-
« loppement de ce talent a tenu beaucoup
« moins, il me semble, chez nos voisins
« d'outre-monts, à l'ardeur de l'imagina-
« tion qu'aux facilités données par une
« langue souple et sonore, dans laquelle
« on peut d'ailleurs se permettre les plus
« grandes licences poétiques. »

« La langue française est, au contraire,
« de toutes les langues de l'Europe une des
« moins favorables à la poésie, à cause des
« obstacles sans nombre qu'elle impose à
« l'essor de l'imagination ; et si les bons
« poètes sont malheureusement rares en
« France, que ne devons-nous pas suppo-
« ser de la rareté des improvisateurs ? »

L'auteur de la brochure a nommé E. de
Pradel, je n'ai certes pas la prétention d'en-
trer en lice avec un si redoutable adversaire ; il sourirait de mes 17 ans et je
n'aurais pas le droit de m'en offenser.

Les quelques poésies que j'offre à mes
lecteurs sont donc de simples essais pour
lesquels j'ose réclamer toute bienveillance ;
j'y ai dû corriger parfois certaines imper-

fections échappées à la rapidité de l'improvisation, sans rien changer cependant au caractère des morceaux imposés.

Quant aux deux poésies qui ouvrent le volume : LE POÈTE et LE VIEILLARD MOURANT, je les composai à l'âge de quatorze ans et n'y fis aucune correction depuis cette époque, afin d'en conserver le cachet primitif ; la donnée première du *Poète* était une improvisation faite à Genève en 1861, — j'avais alors 12 ans, — je note cette particularité uniquement pour que mes lecteurs excusent la faiblesse de ces compositions.

Je saisis enfin avec joie l'occasion de remercier les bienveillants amis de ce modeste Recueil, en les assurant que je m'efforcerai de mériter de plus en plus un suffrage qui m'honore autant qu'il m'encourage.

Poitiers, le 20 Août 1865.

A. BESSE DE LARZES.

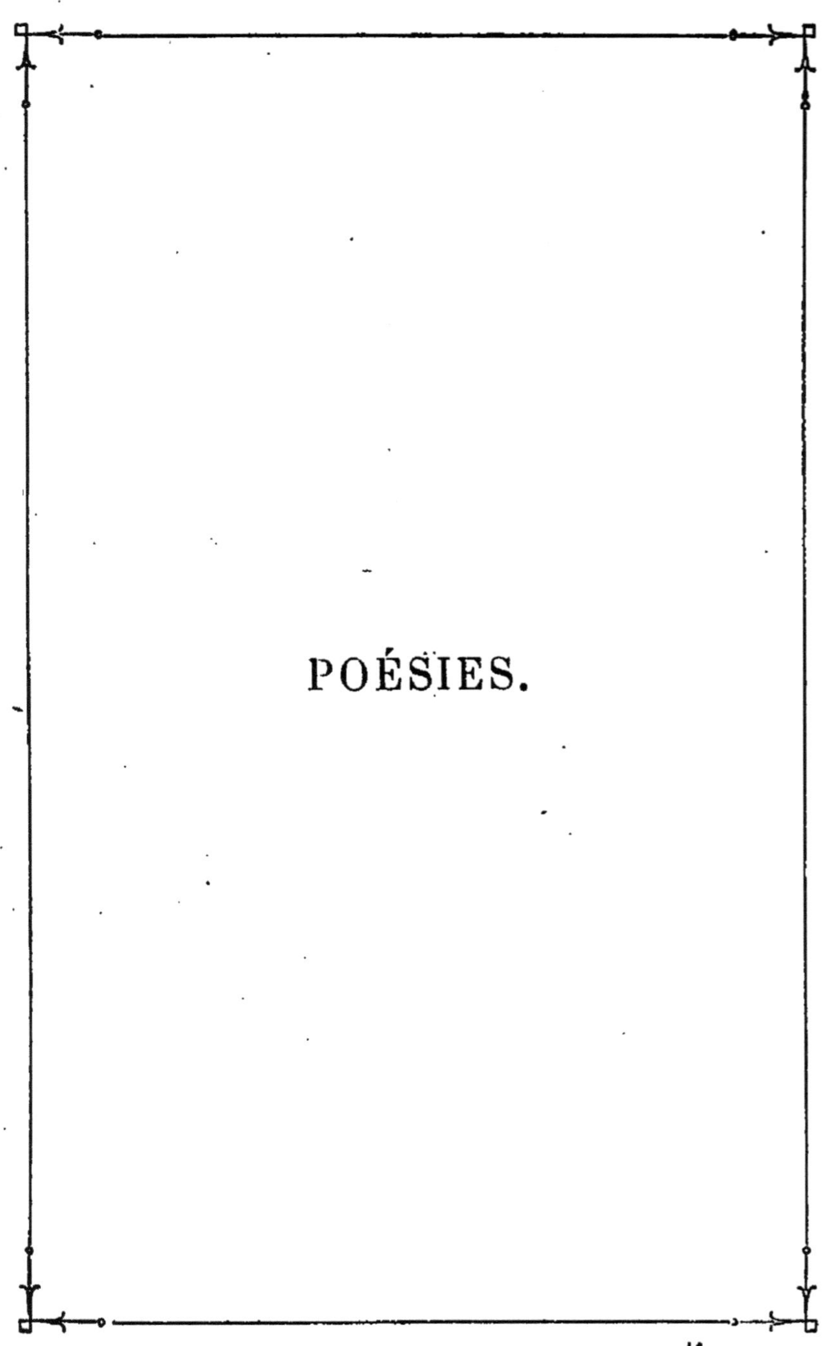

POÉSIES.

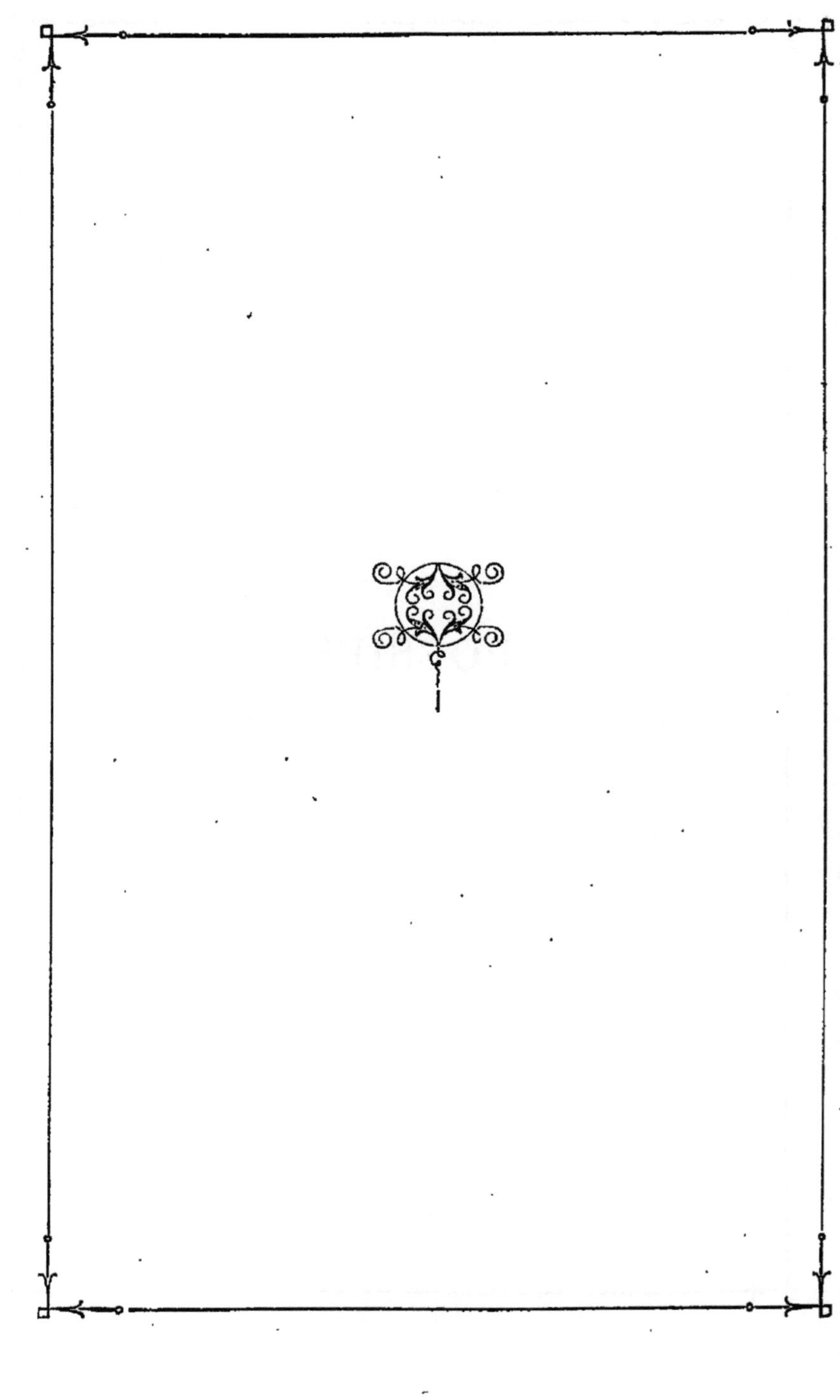

POÉSIES.

LE POÈTE.

Je suis le rêveur de la plaine,
L'ami des fleurs et des oiseaux ;
J'aime les bords de la fontaine ;
J'aime les forêts où le chêne
Arrondit ses bras en berceaux.

Au grand livre de la nature
Mon âme épelle avec bonheur ;
J'écoute ce qu'en son murmure
Dit l'onde bleue à la verdure,
Et le papillon à la fleur.

Toujours en moi de quelque rêve
Fleurissent les illusions ;
Vers un ciel nouveau je m'élève :
Mon esprit jeune et dans sa sève
Est rempli de vibrations.

Mais mon âme n'est pas trompée
Par les mensonges éclatants ,
Car je dis : le bruit de l'épée
Et les lueurs de l'épopée
Passeront sur l'aile du temps.

Un jour, j'écoutais solitaire
Les alouettes du chemin ,
Quand j'aperçus une étrangère ,
Belle d'une beauté sévère,
Tenant des lauriers à la main.

« Je suis, me dit-elle, la Gloire :
« Au poète pour sa chanson ,
« Au monarque pour sa victoire,
« J'ouvre le livre de mémoire :
« Viens, et j'y graverai ton nom. »

Mais j'ai dit : Le bruit de la ville
Effraîrait ma timide voix.
C'est aux prés que fleurit l'idylle ,
Le rossignol simple et tranquille
Ne chante qu'à l'ombre des bois.

Je devrais sur ton char qui roule,
Et brille aux yeux pour nous tromper.
A mon vers façonner un moule
Sur les caprices de la foule :
Je veux voler et non ramper.

D'ailleurs, tu trompes l'espérance,
Et le poète au cœur de feu
T'acquiert au prix de la souffrance ;
J'ai vu mourir dans l'indigence,
Ceux qui te cherchaient en tout lieu.

Combien ont vu, sous l'ironie,
Tomber leurs rêves les plus beaux !
Vivants, la foule les renie,
Et ne couronne le génie
Que sur la pierre des tombeaux.

Mais plus heureux qui va sans cesse
Rêvant aux pieds des vieilles tours :
Bercé par des songes d'ivresse,
Il ne sent jamais la vieillesse ;
Car son cœur est jeune toujours.

Jusqu'ici dans l'herbe fleurie,
J'ai suivi le cours des ruisseaux,
Et promené ma rêverie ;
Je veux rester à la prairie,
Rester aux chansons des oiseaux.

En vain ta faveur m'est offerte,
Les porphyres du Panthéon,
Ne valent pas la tombe verte
Qu'une main amie a couverte
De blanches fleurs et de gazon.

Mai 1863.

LE VIEILLARD MOURANT.

Au temps de l'âge d'or, au temps de nos ancêtres,
Où, pleines d'innocence et fuyant nos abus,
Les familles vivaient loyales et champêtres,
Et pratiquaient en paix les plus belles vertus,

Un bon vieillard se vit à son lit d'agonie ;
Il avait, juste et simple, en cultivant ses champs,
Vécu soixante hivers exempt de calomnie,
Aimé des gens de bien, admiré des méchants.

Il fit venir son fils et, prenant la parole :
Mon fils, dit-il, je sens que mes jours vont finir.
Déjà les bruits épars de ce monde frivole,
Dans mon faible cerveau commencent à mourir.

J'ai mangé soixante ans le pain de cette terre,
Je lui laisse aujourd'hui ma dépouille et ma faim,
Et je vais me nourrir du froment salutaire,
Qui satisfait l'esprit sans mesure et sans fin.

L'homme est un voyageur, la vie est un voyage ;
Avant de s'arrêter dans le calme du port,
On doit errer longtemps de rivage en rivage,
Et le jour du repos est le jour de la mort.

Mon voyage est fini, voici ma dernière heure ;
Mais ton pied incertain hésite sur le seuil,
Et je veux t'indiquer la route la meilleure,
L'enseigner à ton pied, la montrer à ton œil.

Ecoute mes conseils, fruits de l'expérience,
Puissent-ils à jamais se graver dans ton cœur :
Sois toujours vertueux, en perdant l'innocence,
On perd tout à la fois : la joie et le bonheur.

Sois toujours vertueux, afin que dans ton âme
Tu n'aies pas à rougir en face du Seigneur ;
Aime la vérité, que ta voix la proclame ;
Que ta bouche toujours parle comme ton cœur.

Lorsque sur ton chemin se dressera l'injure,
Lorsqu'un Zoïle impur te jettera son fiel,
Au serpent envieux pardonne sa piqûre :
Pardonne, ô mon enfant ! la vengeance est au ciel.

Ne prends pas pour monter le chemin de la ruse,
Partage avec le pauvre, on en est bien payé ;
Le ciel aime qui donne, et maudit qui refuse.
Et le moindre bienfait n'est jamais oublié.

Appelle l'orphelin couché sur la poussière,
Qu'il se place à ta table et se chauffe à ton feu ;
Son cœur en s'éloignant bénira ta chaumière,
Et béni par le pauvre on est béni par Dieu.

Il dit, et s'éteignit dans le sommeil du juste,
Des pauvres regretté, pleuré de ses amis,
Et son fils, comme lui, vivant calme et robuste,
Imita ses vertus, pratiqua ses avis.

Ses jours furent bénis, leur cours, long et prospère :
Et quand la main du temps eut blanchi ses cheveux,
Vieillard, il répétait les conseils de son père
A ses petits-enfants, à ses petits-neveux.

Février 1863.

SUJETS DE FANTAISIE.

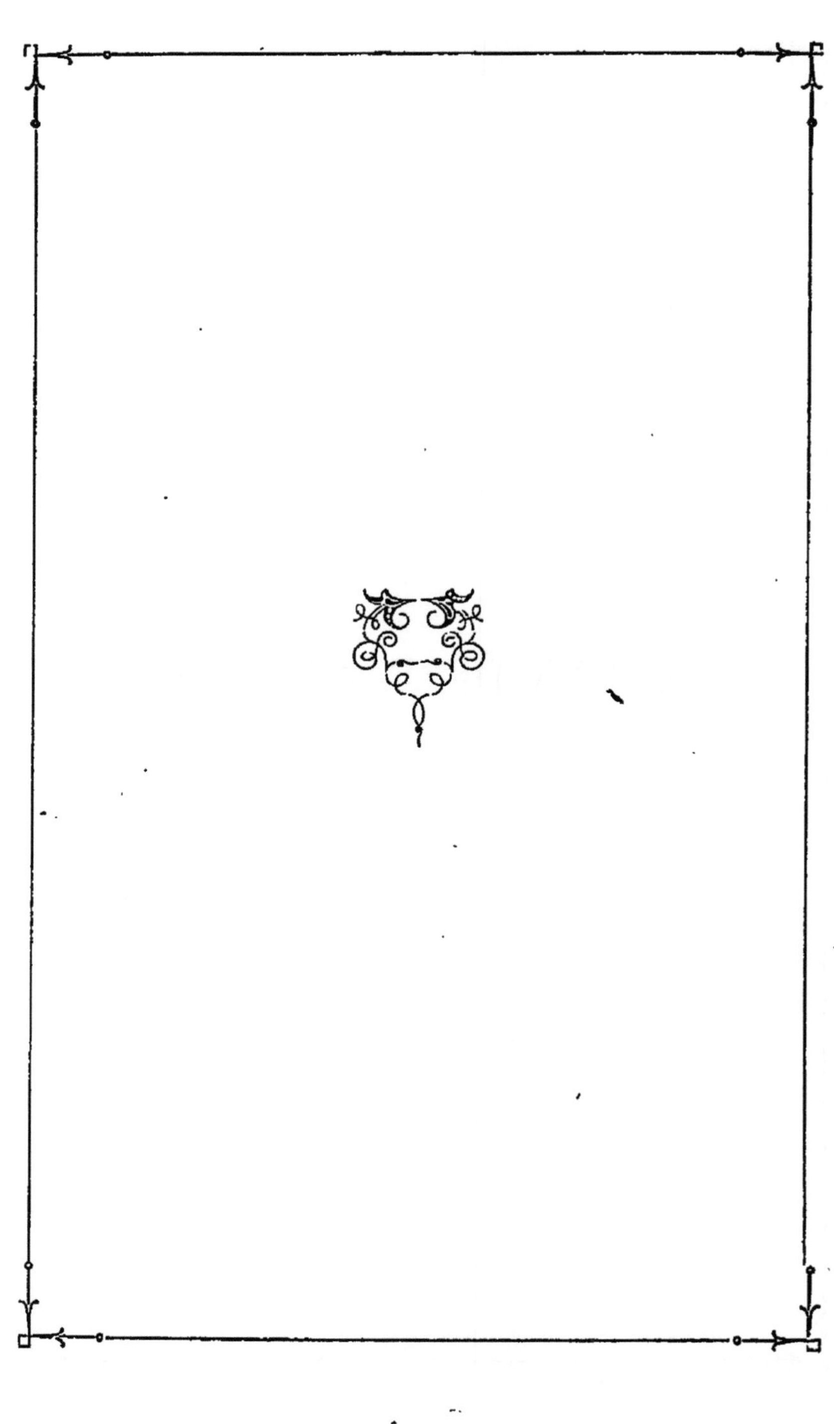

SUJETS DE FANTAISIE.

LE

NID D'HIRONDELLE AU COLLÉGE.

Rien n'est plus gracieux, rien n'est plus poétique,
Au retour des saisons, que ces berceaux flottants,
Sous le vieux toit moussu d'un collége gothique,
Tressés par l'hirondelle un matin de printemps.

Elle y trouve le sort le plus heureux du monde :
Pour elle, on a toujours quelque chose à la main,
Et le jeune écolier, œil noir et tête blonde,
Vient jeter près du nid les miettes de son pain.

Le grave professeur, se consume et soupire
Sous le poids du travail qui l'accable en secret ;
Mais, sur sa lèvre pâle, éclot un doux sourire
Quand son œil, vers le nid, jette un regard distrait.

Et l'enfant paresseux, dans la salle d'étude ,
Bâillant sur un Lhomond ou sur un long *pensum*,
Tressaille de plaisir, si, dans la solitude ,
L'hirondelle, au soleil , chante son *Te Deum*.

L'écolier est semblable aux jeunes hirondelles
Qui vont sous d'autres cieux chercher d'autres séjours :
Au toit de leur printemps ils demeurent fidèles ,
Leur cœur, comme leur aile, y reviendra toujours.

BESANÇON ,
Collége Saint-François-Xavier , 8 Juin 1864.

LE BONHEUR D'ÊTRE ENFANT.

Rhythme avec vers final de chaque
strophe imposé.

Vers imposés :
> *Pour être heureux, il faut rester enfant.*
> *Pour être heureux, il faut mourir enfant.*
> *Ah ! que ne puis-je être toujours enfant.*

Jeune écolier, tu bâilles sur ton livre,
En y jetant des regards mécontents ;
Un seul penser te sourit et t'enivre :
Tu voudrais bien avoir déjà vingt ans.
Mais quand ce jour sonnera dans ta vie,
Tu maudiras peut-être cet instant,
Et tu diras avec mélancolie :
Pour être heureux, il faut rester enfant.

Quand un enfant abandonne la terre
Pour s'envoler vers le séjour des cieux,
Dans la maison en deuil et solitaire,
Des pleurs, hélas ! coulent de tous les yeux.

Mais, dépouillant ses vêtements de fange,
Celui qu'on pleure, aimable et triomphant,
S'écrie au ciel, qui voit un nouvel ange :
Pour être heureux, il faut mourir enfant.

Plus d'un vieillard à la tête blanchie
Et tout courbé par l'âge et les douleurs,
En racontant l'histoire de sa vie,
S'est arrêté, l'œil humide de pleurs.
Puis tout à coup, reportant sa pensée
Vers son jeune âge, hélas ! loin maintenant,
S'est écrié, d'une voix oppressée :
Ah ! que ne puis-je être toujours enfant !

NANCY,
Collége de La Malgrange, 9 Juillet 1865.

L'OISEAU MORT.

Dans la forêt, de fleurs semée,
Un oiseau faisait, au soleil,
En gazouillant sous la ramée,
Luire son plumage vermeil.

A sa chanson plaintive et douce,
L'écho du vallon s'éveillait.
Il couvait, sur son nid de mousse,
Un œuf, qui déjà palpitait.

Un vieux chasseur, d'un pas alerte,
Passait sur le bord du chemin ;
Il glissa sous la feuille verte,
Une carabine à la main.

Et bientôt, sur la branche humide,
Qu'il baigne et qu'il rougit de sang,
Renversé par un plomb rapide,
L'oiseau se débat, frémissant.

Tournant ses paupières mi-closes
Vers le nid qu'il a tant aimé,
Au milieu d'un buisson de roses,
Il tombe, hélas ! inanimé.

Car la mort, qu'en vain l'on repousse,
Choisit souvent pour le tombeau,
Les oiseaux sur leur nid de mousse
Et les enfants dans leur berceau.

Avignon,

Séminaire Notre-Dame-de-Sainte-Garde, 16 Juillet 1863.

L'ANGE DES FLEURS.

Il est un Chérubin aux ailes entr'ouvertes
Dont le front resplendit de célestes rayons ;
Il voltige en chantant parmi les feuilles vertes,
Et s'endort sur les fleurs avec les papillons.
Au bleu Myosotis il verse la rosée ;
Il donne au bouton d'or ses plus riches couleurs ;
Ses soins rendent la séve à la tige épuisée :
    Cet Ange, c'est l'Ange des Fleurs.

C'est lui qui des lilas entr'ouvre les corolles,
C'est lui qui, dans les champs, fait fleurir les bleuets.
C'est lui qui, dans les prés, comme des auréoles,
Fait éclore au soleil pervenches et muguets.
Il fait un éventail des plumes de son aile
Pour rafraîchir le lis fané par les chaleurs ;
Et chaque rose cherche à paraître plus belle
    Pour plaire à l'Archange des Fleurs.

Alors que de la nuit les brises embaumées
Caressent les cheveux de l'enfant à genoux ,
Sa voix , qui retentit en notes parfumées ,
Fait redire aux échos les accents les plus doux.
Sa romance divine est si pure et si tendre ,
Qu'à l'aurore son chant fait répandre des pleurs,
Le rossignol se tait, afin de mieux entendre
La chanson de l'Ange des Fleurs.

MONTMORILLON ,
Salon de Madame de Moussac , 23 mai 1865.

L'AIGLE ET SES AIGLONS.

A SA GRANDEUR MONSEIGNEUR DE TULLE.

I

L'aigle aime la montagne, il y cache son aire,
Il vit sur le rocher, puissant et solitaire,
Son farouche regard affronte le soleil.
Pour cimenter son nid, il prend le sang vermeil
Que son ongle de fer arrache à ses victimes.
Il aime le carnage, il aime les abîmes,
Et dans sa solitude et dans sa royauté,
Il vit terrible : Dieu l'a richement doté...
Lorsque, géant des airs, il agite ses ailes,
Fuyant à son aspect, les blanches tourterelles
Vont cacher leur effroi dans le creux du rocher;
Mais c'est en vain, son ongle ira les y chercher,
Car ses petits béants demandent la pâture;
Et l'oiseau, gai chanteur blotti sous la ramure,
L'oiseau qui gazouillait dans son nid, sans effroi,
Rougira de son sang l'aire de l'oiseau-roi.

II

Lorsque l'aiglon plein de vie,
Ayant soif de liberté,
Regarde d'un œil d'envie
Les champs de l'immensité,

Quand son aile est assez forte
Pour qu'il soit aigle à son tour,
Son royal père l'emporte
Jusque vers l'astre du jour.

« Voyons, dit-il, si l'espace
« Le trouvera sans effroi,
« S'il est digne de ma race,
« S'il sera digne de moi. »

Vers la lumineuse gerbe
Du soleil éblouissant,
Il tourne le front superbe
De son aiglon frémissant.

Et , si l'ardente lumière
Ferme son œil ébloui,
L'aigle alors , dans la poussière,
Jette l'aiglon loin de lui.

Mais , de sa fauve prunelle ,
Si le regard du soleil
Fait jaillir une étincelle ,
Comme un diamant vermeil,

L'aigle dit : « Voilà ma race,
« Tu seras fort et puissant ,
« Et , dans les champs de l'espace,
« Tu moissonneras le sang.

« A toi le rocher sauvage,
« L'abîme , l'immensité ;
« Je te donne en héritage
« Les cieux et la liberté. »

III

Monseigneur, au milieu de vos montagnes vertes
Sont de jeunes aiglons aux ailes entr'ouvertes :
Ils attendent le jour, où, sur leurs jeunes fronts,
Un astre éblouissant versera ses rayons...
Ces aiglons sont les fils de votre Séminaire,
Et lorsque votre voix, d'une sainte lumière
Fait sur leurs cœurs joyeux couler le flot vermeil,
Ils aiment à fixer les rayons du soleil.

TULLE,
Salon de l'Évêché, 30 août 1865.

BOUTADE

SUR LA LITTÉRATURE MODERNE.

(RHYTHME FIXÉ).

Si l'on en croit le *Figaro*,
Il nous faudra crier haro
    Sur les classiques.
Pour en faire des immortels,
Nous élèverons des autels
    Aux romantiques.

A bas Lafontaine et Boileau !
A bas tous ces vieux buveurs d'eau
    D'un siècle imberbe.
Vive Victor Hugo, morbleu !
Il parle quelquefois hébreu,
    Mais, c'est superbe.

Si l'on veut avoir du succès,
Vivent les fautes de français
    Et l'antithèse ;
Je pourrais, si vous le vouliez,
Vous fournir des vers de vingt pieds
    Sur cette thèse.

Quel beau genre que le roman !
On en puise le sentiment
        Dans une chope.
En lisant Dumas ou Méry,
Plus d'une pâle milady
        Tombe en syncope.

Janin piaille comme un moineau,
Havin beugle comme un taureau
        De la Camargue.
Et si quelque auteur insolent
Se permet d'avoir du talent,
        Chacun le nargue.

Nous savons tous, grâce à Renan,
Dont l'œuvre à prix d'or maintenant
        Est achetée,
Que, dans ce siècle positif,
C'est un métier fort lucratif
        Que d'être athée.

LAUSANNE,
Hôtel Beaurivage, Octobre 1864.

L'ANGE DES BOIS.

Chaque Ange a son domaine :
L'un veille sur les prés,
Et l'autre, à la fontaine
Donne ses flots dorés.
Mais Dieu, pour mon partage,
En créant l'univers,
M'a donné le bocage
Et ses arbustes verts.

Ma voix possède un charme étrange ;
Mon front est pur comme ma voix.
Par moi l'on peut goûter un bonheur sans mélange,
Car c'est moi qui suis l'Ange
Des Bois.

Je fais germer le lierre
Sur l'arbre du vallon,
La mousse sur la pierre,
Les fleurs sur le buisson.
C'est moi dont la main verse
La séve aux vieux ormeaux;
C'est moi dont la main berce
Le nid sur les rameaux.

Ma voix possède un charme étrange;
Mon front est pur comme ma voix.
Par moi l'on peut goûter un bonheur sans mélange,
Car c'est moi qui suis l'Ange
Des Bois.

Quand le chasseur apprête
Son poignard acéré,
Je guide la retraite
Du cerf dans le fourré.
Sur la verte colline,
C'est moi qui donne encor
Les fleurs à l'aubépine,
Au verger ses fruits d'or.

Ma voix possède un charme étrange ;
Mon front est pur comme ma voix.
Par moi l'on peut goûter un bonheur sans mélange,
Car c'est moi qui suis l'Ange
Des Bois.

Et lorsque, dépouillée,
De fleurs et de gazon,
La plaine est sans feuillée
Et le nid sans chanson,
Prenant la branche morte,
Pour attiser son feu,
En chantant je la porte
Au pauvre du bon Dieu.

Ma voix possède un charme étrange ;
Mon front est pur comme ma voix.
Par moi, l'on peut goûter un bonheur sans mélange,
Car c'est moi qui suis l'Ange
Des Bois.

MONTMORILLON,
Petit-Séminaire, 29 mai 1865.

LE SOLFÉGE.

On demandait une chanson à propos de musique ; l'un exige une *octave* de couplets, l'autre une *quinte* de vers à chacun, le troisième veut des vers de huit pieds en l'honneur des huit notes. Bref, voici la combinaison à laquelle on s'arrêta : huit couplets de cinq vers chacun, trois de huit syllabes et deux de douze, disposés toutefois au gré du Poète, mais avec la condition expresse de terminer chaque strophe par le nom successif de chacune des notes de la gamme.

Le Poète, sans préoccupation visible néanmoins, demanda exceptionnellement *cinq* minutes pour réfléchir. Voici son improvisation dans laquelle il nous donne *au moins six fois* par strophe le mot qu'on lui imposait seulement comme finale [1].

UT, RÉ, MI, FA, SOL, LA, SI, UT...
L'hiatus est permis en faveur du solfége ;
Mais que la muse me protége,
Puisqu'il me faut chanter, pour arriver au but :
UT, ré, mi, fa, sol, la, si, UT.

[1] Extrait de la brochure : *Un jeune Poète improvisateur.*

Ré-fléchissons, le plus mad-ré
Ne s'en tirerait pas ; pour moi, j'en perds la tête.
Ré-pondez, se voir *en-ca-d-ré*
De la sorte, croit-on que ce soit un honnête
Ré-gal ? Messieurs, misere-ré !

Mi-séricorde ! car je m'y
Perds ; j'en ai la migraine, et je crois voir ma lyre
Mi-se en pièces. Que si, que mi,
Je veux en ex-voto donner, si je m'en tire,
Mi-lle cierges à saint Re-mi.

Fa-sse le ciel que pour un fa
Je ne sois pas cloué trop longtemps sur ma chaise !
Fa-meux ! car un soyeux so-pha
M'offre à point son gazon [1] ; j'y peux chanter à l'aise
Fa *lon laire* et *laire lon* fa.

Sol-fions : ut, ré, mi, fa, sol.
M'y voilà ! mais allons chercher une tranquille
Sol-itude ou quelque entre-sol,
Voire même une cave, où je trouve un facile
Sol-o sur la *quinte* et le sol.

[1] Cette séance était donnée à la campagne.

La peur que l'on ne crie : ho-LA !
Sur moi, comme Boileau (le trait d'histoire existe),
L'A fait jadis sur Atti-LA,
Me fait trembler ; je suis entré là dans un triste
La-byrinthe , restons-en LA.

Si je vous demandais mer-CI ,
Ce serait fort prudent, je crois que je m'enferre.
Si-lence ! je m'arrête i-CI ,
Sans quoi, je ne pourrais jamais sortir d'affaire...
Si... M'y voici , couci-cou-CI.

UT , ré, mi, fa, sol, la, si, UT ;
C'est le compte, il me semble, et vive le solfége !
Je vois qu'Apollon me protége ,
Puisque je puis chanter, en arrivant au but :
UT, RÉ, MI, FA, SOL, LA, SI , UT.

MONTMORILLON ,
Petit-Séminaire, 29 mai 1865.

LE TOMBEAU D'UN ENFANT.

Au milieu du grand cimetière
Dont le sol a bu bien des pleurs,
On rencontre une blanche pierre,
Etroite et couverte de fleurs.

La croix en est simple et petite;
Elle fait rêver le passant,
Et l'œil y reconnaît bien vite
Le tombeau d'un petit enfant.

Chaque jour une pauvre mère
Au regard de larmes voilé,
Vient, auprès de la froide pierre,
Rêver à son ange envolé.

Le soir , il souriait encore
A sa mère , dans le berceau ;
Mais , hélas ! lorsque vint l'aurore ,
Il était froid pour le tombeau.

Je vais souvent au cimetière ,
Pour me délasser du chemin,
M'asseoir un moment sur la pierre
Où dort le petit chérubin.

Car cette tombe solitaire
Annonce toujours à mes yeux
Un enfant de moins sur la terre ,
Un ange de plus dans les cieux.

Le Donat ,
Petit-Séminaire, 21 Mai 1865.

LA

CATHÉDRALE DE BROU.

Lorsque l'on voit de Brou la vieille cathédrale
Élevant dans les airs sa flèche magistrale,
Devant tant de grandeur, le regard éperdu
Se sent pris du vertige et reste confondu.
Mais entrons! en foulant le parvis de l'église,
En portant ses regards sur la muraille grise,
Où plus d'un peintre illustre exerça son pinceau,
On se croit transporté dans un monde nouveau;
Tous les trésors de l'art y brillent à la vue
Et mille souvenirs y charment l'âme émue.
On aime à parcourir d'un pas religieux
De cette grande nef le chœur silencieux,
A s'arrêter devant les pierres isolées,
Et le marbre sculpté des trois grands mausolées,
Où des princes, jadis ruisselants de joyaux,
Dorment du lourd sommeil qui nous rend tous égaux.

Même sous le ciel bleu de la belle Italie,
Région par l'histoire et par l'art embellie,
Tant de fins ornements, de chefs-d'œuvres épars
Ne viennent enchanter et frapper les regards.
Sous ces voûtes, jadis de guirlandes ornées,
On voyait s'incliner des têtes couronnées ;
Mille voix y faisaient retentir leurs accents,
Et de royales mains y répandaient l'encens.
Mais un jour, jour de deuil, la mort aux mains glacées
Dans la tombe coucha ces grandeurs effacées.
Seule, la vieille église aux gothiques vitraux,
De ses rois, en son sein, renfermant les tombeaux,
Est restée, et du temps a déjoué l'outrage ;
Et ses murs bien longtemps rediront d'âge en âge
Aux peuples, pour la voir auprès d'elle accourus,
La force et la grandeur des siècles disparus.

BOURG,
Pensionnat des Frères, 6 mai 1864.

LE SOMMEIL.

J'aime fort l'à-propos de notre Lafontaine,
Qui passait à dormir la moitié de son temps.
Le bonhomme savait que dans la vie humaine,
Les instants de repos sont les plus doux instants.

Lorsque le laboureur a jeté dans la plaine
Le germe des moissons que mûrira l'été,
Il s'assied un instant à l'ombre d'un vieux chêne,
Et le sommeil lui rend la force et la gaîté.

Quand je dors, je suis roi : les lauriers de la gloire
Viennent ceindre mon front grandi par le succès ;
Je triomphe, et, marchant de victoire en victoire,
Je sauve la Pologne et brosse les Anglais.

Je couvre d'hiatus vingt pages poétiques,
Je surpasse Virgile et son nom immortel,
Et puis impunément maudire, en vers épiques,
La rime, l'orthographe et mon maître d'hôtel.

Le sommeil, chérubin que le ciel nous envoie
Pour soulager nos fronts ridés par le souci,
Pour jeter dans nos cœurs quelques lueurs de joie
Et semer de rayons notre ciel obscurci !

Le sommeil ! le sommeil ! mais, Messieurs, je m'arrête,
Je m'embrouille, et je crois qu'il est temps de finir.
Car j'ai peur, quel affront pour un méchant poète !
En chantant le sommeil, de tous vous endormir.

MONTBRISON,

Cercle littéraire, 23 Mars 1865.

FABLE.

(Sujet et morale fixés).

CHAT ET CHIEN.

Morale imposée : { *Il ne suffit pas de tout lire,*
Il faut digérer ce qu'on lit.

Un vieux chat détestait un chien,
Et voulant le tuer, le traître
S'en fut un beau jour chez un maître
Pharmacien.
Il lui dit : « A mon cœur votre mémoire est chère;
« Grâce à vous, j'ai déjà sur mon vieil adversaire
« Essayé des poisons prônés par maint savant ;
« Mais, dès qu'il a levé la patte,
« Hélas ! comme un vrai Mithridate,
« Il se porte aussi bien qu'avant...
« N'auriez-vous pas enfin quelque recette
« Pour expédier ce mazette ?... »

L'apothicaire alors lui dit :

« Mon ami, prenez cet écrit ;

« Voilà votre affaire, elle est bonne ;

« Vous ferez lire au chien ce *speech* à l'avenant :

« C'est un chapitre de Renan,

« Il est parfait et n'a jamais raté personne :

« Par Pluton ! ça vous empoisonne

« Mieux que cent médecins armés de *laudanum ;*

« Car il a les vertus d'un ballot d'*opium.* »

Bref, le matou comprit si bien la chose,

Que sans autre avis, et pour cause,

Il vous administra la dose...

Le chien (vous devinez ce qu'il en arriva),

Le chien, parbleu, lut et creva.

Moi, Messieurs, pour mes vers je crains fort la satire ;

Car ma fable manque d'esprit :

Je voulais simplement vous dire

Qu'*il ne suffit pas de tout lire,*

Il faut DIGÉRER *ce qu'on lit.*

MONTMORILLON,
Salon de Madame de Moussac, 23 mai 1865.

LE NOUVEL AN.

Dans les plis d'un manteau de neige,
Janvier se drape et vient à nous,
Entouré du brillant cortége
Des compliments et des joujoux.

Un almanach entre les ailes,
Voici venir un an nouveau,
Couronné de dates nouvelles
Et tout frais sorti du berceau.

Que de cadeaux ! Que d'embrassades !
De souhaits jetés en passant !
Tous les avares sont malades
Car voici le premier de l'an...

A se fêter chacun s'empresse ;
Les petits enfants aux doux fronts
Ont le cœur rempli d'allégresse,
Et les mains pleines de bonbons.

Dépouillant enfin leur rudesse,
Les facteurs sont moins saugrenus,
Et les portiers sont devenus
Des modèles de politesse.

Lyon,

Collége des Minimes, 22 Décembre 1864.

L'IMPROVISATION.

Il est des fleurs d'un jour à la pâle corolle,
S'entr'ouvrant le matin pour se flétrir le soir,
Et dont le doux parfum s'évapore et s'envole
Ainsi qu'un pur encens dans un riche encensoir.

Ouvrage d'un instant qu'un léger souffle emporte,
L'improvisation, semblable à cette fleur,
Frémit à tous les vents comme une feuille morte
En laissant au zéphir sa fragile couleur.

Aussi, loin des lauriers qu'un poète désire,
Sachant que mon partage est la mort et l'oubli,
Si mon œuvre, un instant, peut vous faire sourire,
De l'improvisateur le but sera rempli.

Roanne,

Collége, 4 avril 1865.

UNE FÊTE DE FAMILLE.

M. l'abbé*** vicaire-général du diocèse de Poitiers, après avoir célébré le cinquantième anniversaire de son laborieux sacerdoce, était venu à Montmorillon présider la Distribution des prix. Une *Fête de Famille* eut lieu, à cette occasion, au Petit-Séminaire et provoqua l'improvisation suivante :

J'aime ce frais séjour où l'ardente pensée
S'endort, par l'espérance et les rêves bercée ;
J'aime votre chapelle où fume l'encensoir,
Et dans vos sentiers verts que le soleil caresse,
Vos bosquets odorants où voltigent sans cesse
Les brises du matin et les parfums du soir.

De nobles professeurs, sur votre adolescence,
Font briller le flambeau de leur intelligence,
Et, martyrs du travail, ils montrent à vos yeux
Une vertu bien rare au moment où nous sommes...
Vous étiez des enfants, ils font de vous des hommes ;
Vous étiez exilés, ils vous ouvrent les cieux !

Un bon supérieur, je devais dire un père,
Qu'on prendrait pour un ange égaré sur la terre,
Guide vos pas tremblants et veille parmi vous :

Tous vos cœurs, je le sais, heureux de sa présence,
Battent pour lui d'amour et de reconnaissance ;
Son âme est belle autant que son regard est doux.

Comme le papillon volant de rose en rose ,
Un artiste divin parmi vous se repose...
Ses doigts mélodieux font bondir le clavier ,
La touche sous sa main parle, vit et s'anime :
J'ai nommé Sowinski, le pianiste sublime ;
Ce nom vaut à lui seul un livre tout entier.

Et moi pauvre chanteur, semblable à l'hirondelle
Qui, loin de l'ouragan, pour abriter son aile ,
Aux fentes d'un vieux toit suspend son nid vainqueur,
Moi, pauvre enfant déjà muri par la souffrance,
Vous m'avez mis ici, par votre bienveillance,
Le sourire à la bouche et le ciel dans le cœur.

Ces lieux sont aujourd'hui parfumés d'espérances ,
Et l'écolier qui doit , au moment des vacances ,
Franchir, pour le départ, le seuil de la maison,
Essuie, en la quittant, une larme furtive,
Et de l'œil suit longtemps l'image fugitive
De votre vieux clocher au bord de l'horizon.

Nous sommes réunis pour fêter la présence
D'un prêtre rendu fort par son expérience,
Chargé de longs hivers qui valent des printemps,
D'un prêtre couronné d'une sainte lumière,
D'un prêtre qui, du Christ soutenant la bannière,
Sous ses cheveux blanchis, cache un cœur de vingt ans.

Son blason est orné d'une sainte devise,
Et ce juste a montré, cinquante ans, à l'Église
Un exemple éclatant de toutes les vertus.
La foi, de ses rayons, illumine son âme,
Son regard resplendit de la céleste flamme
Dont le Dieu tout-puissant sait parer ses élus.

Et lorsque sonnera l'heure de la victoire,
Quand naîtront dans ses mains les palmes de la gloire,
Tous ces soldats du Christ et de la vérité
Qu'il enflamme au combat, qu'il aime et qu'il protége,
En chantant ses travaux lui feront un cortége
Dans les champs infinis de l'immortalité.

MONTMORILLON.

Petit-Séminaire, 30 Juillet 1865.

BOUTS-RIMÉS.

BOUTS-RIMÉS.

LES TOURMENTS DU POÈTE.

Rimes imposées :

Aurore, pécore, — rameaux, chameaux, — orage, cirage, — martyr, mentir, — harmonie, insomnie, — jour, four, — gloire, écritoire, — sentiment, fourniment.

Quand je chante la lune ou l'éclat de *l'aurore,*

Un critique ventru me traite de *pécore ;*

Quand je rêve des bois, des nids sous les *rameaux,*

De l'enfant du désert abreuvant ses *chameaux ,*

Des chansons du printemps et des bruits de *l'orage,*

Je heurte en mon chemin un marchand de *cirage.*

Lamartine choyé se posait en *martyr*

Et pleurait ; comme lui je voudrais bien *mentir*

Et de l'or, en pleurant, savourer *l'harmonie !*

Mais la débine . hélas ! me donne *l'insomnie,*

Un régiment d'huissiers m'assiége tout le *jour ,*

Que n'ai-je, ô bon Reboul ! ta farine et ton *four !*

Foin des muses ! je songe en mes rêves de *gloire,*

Que je n'ai pas encor payé mon *écritoire,*

Et que mon vieux tailleur revêche au *sentiment,*

Viendra me demander le prix d'un *fourniment.*

LYON. — Collége des Minimes, 22 Décembre 1864.

MÊME SUJET.

Rimes imposées :

Marmot, *Pierrot*, — *moutarde*, *bombarde*, — *rouet*, *bonnet*, — *Arcole*, *école*, — *heureux*, *cheveux*, — *pupitre*, *chapitre*.

La muse, à tout moment, me traite de *marmot*...
Mille fois j'ai maudit, en style de *Pierrot*,
La rime qui me fait manger de la *moutarde*,
Et, de tous les côtés, me tire et me *bombarde*.
Je perds, à chaque instant, le fil de mon *rouet* ;
Un front de rimailleur jure avec mon *bonnet*.
J'aimerais mieux d'assaut prendre le pont d'*Arcole*,
Dans un humble village être maître d'*école*,
Ou marchand de coco ; je serais plus *heureux*.
Car, sans aller tirant des vers par les *cheveux*,
Je vivrais satisfait, sans livre et sans *pupitre*,
Plus gras et plus joufflu qu'un chanoine au *chapitre*.

Roanne,
Collége, 26 mars 1865.

LE RAIL.

Rimes et sujet imposés :

Mort, sort, — locomotive, rétive, — son, unisson,
— houppelande, guirlande, — ornement, croas-
sement, — usines, cuisines.

Le postillon se meurt, le postillon est *mort !*
Plus personne à voler ! Il pleure sur son *sort,*
En voyant succéder *rail* et *locomotive*
Au galop nonchalant de sa mule *rétive.*
Je trouve, pour ma part, en écoutant le *son*
Des sifflets de deux trains sifflant à l'*unisson,*
Qu'on est bien en wagon dans une *houppelande ,*
Et qu'un brillant convoi, déroulant sa *guirlande,*
Est pour le paysage un très-bel *ornement ;*
Car, malgré la routine et son *croassement,*
C'est le *rail* qui fournit le charbon aux *usines,*
Le papier au collége, et le beurre aux *cuisines.*

Roanne,
Collége, même séance.

LA GÉOMÉTRIE.

(Sonnet en bouts-rimés.)

Crayon, sangle, lampion, angle, — réflexion, rec-
tangle, rayon, étrangle,—carré, miserere, muse,
— parrain, refrain, hypothénuse.

Je suis prêt à jeter la plume et le *crayon,*
Plus interdit, hélas ! qu'un âne sous la *sangle,*
J'aimerais mieux tresser des mèches de *lampion*
Qu'improviser ici sur le cercle ou sur *l'angle.*

Car, malgré l'incidence et la *réflexion,*
Je me perds au milieu d'un triangle *rectangle*
En appelant du ciel quelque petit *rayon...*
Un problème m'étouffe et la corde m'*étrangle!*

Grand Dieu ! faire en rimant l'éloge du *carré !*
Je suis prêt à crier plutôt : « *Miserere !* »
Quel sujet effrayant pour ma tremblante *muse !*

Quand bien même j'aurais Apollon pour *parrain,*
Pourrais-je vous trouver quelque joli *refrain,*
Sur la circonférence et sur l'*hypothénuse ?*

MONTMORILLON,
Petit-Séminaire, le 22 mai 1865.

A SA GRANDEUR

MONSEIGNEUR DE POITIERS.

RIMES IMPOSÉES :

Improvise, malheurs, Eglise, pleurs, — oracle,
miracle, moqueur, — colère, aire, cœur.

Bien souvent dans mes vers, alors que j'*improvise,*
De mes longs hiatus j'ai pleuré les *malheurs ;*
Mais je veux célébrer un prince de l'*Église,*
Et la joie a tari la source de mes *pleurs :*
Rappelant de Sion les antiques *oracles*
Sa présence est partout le signal des *miracles ;*
Et lorsque sur l'impie, au sourire *moqueur,*
Il a lancé les feux d'une sainte *colère,*
Comme un aigle sublime il remonte en son *aire,*
Toujours grand par l'esprit, mais plus grand par le *cœur.*

POITIERS. — Salon de l'Évêché, Juin 1865.

QUATRAIN.

Messieurs, grâce aux progrès de notre âge *sublime,*
Celui qui du succès veut atteindre la *cime*
Doit aux coups de bâton habituer sa *peau,*
Savoir courber l'échine et tirer le *chapeau.*

POITIERS. — Salon de M. l'abbé BERRUÉ, 8 Juin 1865.

ÉCHELLE POÉTIQUE.

*Bosse , crosse , — coquin , mannequin , — pie ,
toupie , — clocher , nocher , — plumage , ramage , — devin , ravin , — falaise , chaise.*

LA ROUTINE AU PROGRÈS.

La Routine un beau jour , toussant, branlant sa *bosse ,*
A ce siècle voulant donner un coup de *crosse ,*
S'écria : « Le Progrès, cet infâme *coquin,*
« Du plus bel Apollon ferait un *mannequin.*
« Les mortels aujourd'hui plus bavards que la *pie,*
« Plus enfants que l'enfant armé de sa *toupie,*
« Sont contents quand ils font des courses au *clocher,*
« Se raillant de la Parque et du fatal *nocher.*
« Grâce aux tailleurs, l'esprit se mesure au *plumage ;*
« Du corbeau, s'il est riche, on vante le *ramage ;*
« Avec le spiritisme, on se pose en *devin,*
« Dans un large fauteuil, comme dans un *ravin,*
« On s'enfonce ; et pourtant de Paris à *Falaise ,*
« On dormait autrefois très-bien sur une *chaise.* »

RÉPONSE DU PROGRÈS.

(Rimes renversées.)

Oui vraiment, le fauteuil a remplacé la *chaise*
Et le chemin de fer traversant la *falaise*
Fait vibrer son sifflet jusque dans le *ravin...*
Notre siècle savant ne croit plus au *devin ;*
Le flatteur dit au sot : « Que j'aime ton *ramage!* »
Et plume les badauds, en vantant leur *plumage,*
Le mécanicien remplace le *nocher ;*
Le temple le moins grand peut avoir son *clocher ;*
On devrait t'envoyer jouer à la *toupie*
Comme un enfant... Allons, tais-toi, ma pauvre *pie ,*
Tu te crois un Narcisse et n'es qu'un *mannequin ;*
Tu viens de me traiter de fat et de *coquin ,*
Mais, avant de crier en brandissant ta *crosse :*
« Les autres sont bossus », songe à ta propre *bosse !*

MONTMORILLON ,
Salon de Mme de Moussac, le 23 mai 1865.

MON VILLAGE.

Campagnard — guise — grognard — frise, — lézard — mise — fard — bise, — pendard — grise — renard — église, — nazillard — chemise -- part — Anchise, — tard — pétard — sottise.

Je veux ici vous faire, en style *campagnard*,
Le tableau d'un village où l'on vit à sa *guise :*
Là d'abord mon voisin, rentier chauve et *grognard*,
Comme un jeune muguet, se pommade et se *frise ;*
Puis le cabaretier jaune comme un *lézard*,
Sert des vins baptisés qui ne sont plus de *mise ;*
Un huissier, vieux grivois, tout barbouillé de *fard*,
Dans un faux-col normand s'abrite de la *bise ;*
Jean-Pierre, le bedeau, gros et rouge *pendard*,
Sept fois chaque semaine avec aplomb se *grise ;*
Un notaire cousu de loup et de *renard*
Fraude et tient le serpent, le dimanche, à l'*église ;*
Enfin le magister sur un ton *nazillard*,

Enseigne comme en grec on doit dire *chemise*,
Bref, dans notre village on me voit, pour ma *part*,
Suer comme Æneas portant son père *Anchise*,
On s'y lève matin et l'on s'y couche *tard*,
Puis il faut applaudir et tirer le *pétard*
Pour quelques *gros bonnets* tout gonflés de *sottise*.

POITIERS,
Mairie, 6 Juillet 1865.

HOMONYMES.

Rimes imposées :

Livre, livre, livre, autel, hôtel.

Messieurs, pour vous louer, je voudrais faire un *livre*,
Mais je crains de le voir un jour vendre à la *livre*.
L'art des vers est ingrat, malheureux qui s'y *livre* ;
Car en vain à la Muse il élève un *autel*,
S'il choisit Apollon pour son maître d'*hôtel*.

MONTLIEU ,
Petit-Séminaire, 23 juin 1865.

LES QUATRE SAISONS.

Les rimes suivantes : *Bois, fois,* — *avide, vide,* — *bleu, feu,* — *bouche, souche,* devaient être rattachées successivement à quatre sujets différents. Les Saisons furent choisies comme sujet de ces bouts-rimés.

LE PRINTEMPS.

Des chansons dans les prés et des nids dans les *bois !*
Tous les petits oiseaux gazouillent à la *fois,*
Pendant que le vautour les suit d'un œil *avide.*
L'écolier pour les jeux a laissé son O-*vide,*
L'écolier tapageur au front rose, à l'œil *bleu.*
Le poète est rêveur, et ses accents de *feu*
Comme des flots de miel jaillissent de sa *bouche,*
Tandis que le PRINTEMPS fleurit la verte *souche.*

L'ÉTÉ.

J'aime, un beau soir d'ÉTÉ, la fraîcheur des grands *bois :*
Alors, dans l'ombre assis, je crois ouïr par-*fois*
Des chants mélodieux bercer mon âme *avide ;*
Les moutons, dans les prés, bêlent : l'étable est *vide...*
La femme du gourmand a mis son cordon *bleu*
Et pour les fins soupers elle allume son *feu,*
Pendant que le mari (l'eau m'en vient à la *bouche*)
Monde les champignons à l'ombre d'une *souche.*

L'AUTOMNE.

L'Automne a ramené la chasse dans nos *bois :*
Le cerf rapide , en vain poursuivi bien des *fois* ,
Dans l'ombre du fourré fuit le chasseur *avide.*
Le joyeux vendangeur emplit le tonneau *vide ;*
Penché sur le pressoir humide il dit : cor-*bleu !*
Ce nectar est divin , quelle couleur , quel *feu !*
Ma foi , je veux bénir , la bouteille à la *bouche* ,
Le Dieu qui fait jaillir un tel jus de la *souche.*

L'HIVER.

Le souffle de l'Hiver a défeuillé les *bois ;*
L'aïeul dit aux enfants les contes d'autre-*fois* ,
Souvenirs des vieux temps dont l'enfance est *avide,*
Tandis qu'en souriant la grand'mère dé-*vide*
Son rouet ; les frimas ont voilé le ciel *bleu ;*
Mais ils sont si gaîment en cercle au coin du *feu !*
Ils croient tous voir encor , le sourire à la *bouche* ,
Les rayons du soleil quand pétille la *souche.*

Château de Persac (Vienne) , 23 Août 1865.

ANGOULÈME.

(Sujet, rimes et rhythme fixés.)

Géante , verts, Charente, airs , — cime — sublime,
remparts — débarrassée, pensée, regards.

J'aime votre ville *géante*
Assise au milieu des prés *verts* ,
Baignant ses pieds dans la *Charente* ,
Et perdant son front dans les *airs* ;
Comme on voit, d'une haute *cime*,
L'aigle voler d'un vol *sublime*
Vers le soleil ; sur vos *remparts* ,
Le poète sent sa *pensée*
De sa fange *débarrassée :*
Votre ciel charme ses *regards.*

Angoulême ,
Lycée, 13 Juillet 1865.

DIEU.

Existence, puissance, — mer, amer, — descendre, cendre, — odorant, vent, — allume, parfume, — tour, vautour, — moroses, roses, — noir, manoir, — fantastiques, antiques, — yeux, radieux, — grèves, rêves, — miel, ciel.

Tout d'un Dieu créateur révèle *l'existence,*
La poussière elle-même atteste sa *puissance ;*
Vous qui doutez du ciel, interrogez la *mer,*
Les flots disent : « Je crois » au fond du gouffre *amer.*
De son trône éclatant c'est Dieu qui fait *descendre*
L'espoir dans notre cœur, la flamme sur la *cendre ;*
Il donne l'aubépine au vallon *odorant,*
La source à la montagne et la fraîcheur au *vent.*
Les étoiles du ciel, c'est lui qui les *allume,*
Il donne à nos prés verts la fleur qui les *parfume ;*
Il suspend l'humble nid aux fentes de la *tour,*
Ou dans l'herbe et la mousse il le cache au *vautour,*

Loin de l'air corrompu de nos cités *moroses*,
Il sème dans les champs les bleuets et les *roses*,
D'azur et de rayons il couvre le ciel *noir*,
Il veille sur le chaume et le riche *manoir*,
Il fait planer sur nous les songes *fantastiques*,
Et les Sylphes dorés des légendes *antiques*.
A sa voix, l'arbre germe et grandit à nos *yeux*,
A sa voix, le soleil s'avance *radieux*,
Et fait étinceler le sable sur les *grèves*;
Il envoie à l'enfant des anges et des *rêves*,
Il donne aux blanches fleurs les parfums et le *miel*,
Sa splendeur à l'orage et ses rayons au *ciel*.

POITIERS,
Collége de la Grand'Maison, 16 juin 1865.

LES DÉBOIRES

D'UN HOMME DE LETTRES.

(RIMES, SUJET ET RHYTHME FIXÉS.)

*Débine, sou, cuisine, chou, — injurie, argent,
crie, autant, — cohorte, protêts, porte, frais,
— bourse, rien, ressource, bien, — tempête,
désorienté, tête, santé, — Antoine, Dieu, moine,
peu.*

Je suis, ma foi, dans la *débine,*
Sans espérance et sans le *sou;*
Je n'ai pas même à la *cuisine,*
Pour dîner, deux feuilles de *chou.*

Le restaurateur m'*injurie*
Et me demande de l'*argent ;*
Le cordonnier tempête et *crie ,*
Le boulanger en fait *autant.*

Des huissiers la sombre *cohorte ,*
Couverte d'encre et de *protêts ,*
Chaque matin, frappe à ma *porte ,*
Mais ils en seront pour leurs *frais*

Logeant le diable dans ma *bourse*,
C'est-à-dire , n'y logeant *rien*,
Je vois qu'un homme sans *ressource*
N'est jamais un homme de *bien*.

Au milieu de cette *tempête*,
Mon esprit *désorienté*
Ne sait où donner de la *tête :*
J'en perds la soif et la *santé*.

J'ai maigri, mais, par saint *Antoine!*
Vivent les serviteurs de *Dieu !*
Je vais vite me faire *moine*
Afin de m'engraisser un *peu*.

Château de Pensac (Vienne), 23 Août 1865.

LE PRÊTRE.

(Rimes imposées).

Le prêtre de Jésus est semblable à la *rose*
Où l'abeille, au matin, va butiner son *miel* ;
Il est comme la fleur nouvellement *éclose*
Qui s'ouvre chastement aux doux rayons du *ciel* ;
Du temple sa présence est la sainte *parure*,
Il s'avance en chantant aux combats du *Seigneur* ;
Et, comme on voit le lis parfumer la *verdure*,
Il parfume l'autel des parfums de son *cœur*.

POITIERS,
Salon de M. l'abbé Rouland , 17 Juin 1865.

RENAN.

(Sujet et rimes imposés.)

Ne vous étonnez pas si Renan *prétendit*
Détrôner de Jésus l'autorité *suprême ;*
Ce lâche renégat dans son orgueil s'est *dit :*
« Je veux me faire Dieu moi-*même.* »

CETTE,
Société Philharmonique, Septembre 1863.

BEATUS ILLE.

*Grotte, carotte, — mouton, canton, — abeille, treille,
— troupeau, pipeau, — vacherie, fleurie, — soc,
roc, — poule, coule, — grenier, fumier.*

Heureux l'homme qui sait, près d'une fraîche *grotte*,
Cultiver le chou-fleur, la rave et la *carotte ;*
Il peut être, vingt fois, primé pour un *mouton*,
Et même devenir maire de son *canton.*
En écoutant chanter les ailes de l'*abeille*
Il s'endort doucement à l'ombre d'une *treille ;*
Il voit dans ses prés verts gambader son *troupeau;*
Même il peut essayer sur son léger *pipeau*,
Un petit air charmant de quelque *vacherie ;*
Il a le nez fort riche et la face *fleurie.*
Il tient plus au vallon, fécondé par son *soc*,
Qu'un chêne aux bras nerveux attaché sur le *roc;*
Dans sa ferme joyeuse où folâtre la *poule*
Au milieu des plaisirs sa vie heureuse *coule,*
Tandis que dans la ville on meurt dans un *grenier,*
Plus malheureux que Job sur son pauvre *fumier.*

SAINT-ÉTIENNE,
Cercle du Commerce, 10 Février 1865.

SONNETS.

SONNETS.

LA LOIRE.

Voyant qu'aujourd'hui les marchands
Ont le pas même sur les princes,
Que les lauriers les plus brillants
Sont pour les cerveaux les plus minces,

Que des critiques insolents,
A Paris narguant leurs provinces,
Pour briser les plus beaux talents,
De leurs plumes se font des pinces,

La sainte Poésie en pleurs
S'est dit : « Cherchons des cieux meilleurs
Où l'on puisse rêver la gloire ».

Puis, implorant votre concours,
Elle vint abriter ses jours
Sur les bords fleuris de la Loire.

ROANNE (Loire),
Collége, 4 Avril 1865.

LA NEIGE.

O Dieu ! toi dont la voix gourmande
Les flots brunis de l'Océan ,
Toi , dont le bras puissant commande
Au bleu miroir du lac dormant.

Toi , dont la moindre réprimande
Fait courber l'Ange obéissant ,
A deux genoux je te demande
Que la neige cesse un instant *.

Mesdames , je l'avoue ici ,
Pour vous j'avais un grand souci.
Qu'au départ le ciel vous protége ,

Puisque , pour me voir rimailler ,
Vous n'avez pas craint de mouiller
Vos petits pieds dans tant de neige.

Saint-Etienne ,
Cercle du Commerce , 10 Février 1865.

* Il neigeait depuis 24 heures au moment de la séance.

LA CLOCHE.

Quand , mêlant sa plainte amaigrie
Aux cris funèbres des hiboux,
Dans sa tour, par le soir blanchie,
La cloche résonne pour nous ;

Cette vibration amie
Que le prêtre écoute à genoux,
Réveille dans l'âme endormie
Mille souvenirs les plus doux.

C'est elle dont la voix sonore
A chanté la première aurore
Qui brilla sur notre berceau ;

Et, dans le clocher solitaire,
Son gémissement funéraire
Pleurera sur notre tombeau.

Angoulême,

Lycée, 15 Juillet 1865.

L'HISTOIRE.

L'histoire est une belle chose,
Pour celui qui l'écrit sans fard ;
De l'effet il cherche la cause,
Qu'il chante Alexandre ou César.

Mais souvent un auteur qui glose,
Dans un livre écrit au hasard,
De fables augmente la dose,
Et vend des contes de bazar.

Un *quidam* (le fait est notoire),
Veut pour les récits de l'Histoire,
Des écrivains sans-passion ;

Mais moi dont l'âme est plus naïve,
Je veux que celui qui l'écrive
Soit un auteur.... sans pension.

Saint-Gaultier (Indre),
Petit-Séminaire, 4 Juin 1865.

QUATRAINS

ET

RAPPROCHEMENTS IMPRÉVUS.

QUATRAINS

ET

RAPPROCHEMENTS IMPRÉVUS.

Le rapprochement de deux idées qui semblent n'avoir rien de commun entre elles, offre de grandes difficultés. Là, en effet, il ne s'agit pas, comme dans les bouts-rimés, de faire concourir des mots plus ou moins bizarres à l'expression d'une pensée, c'est la pensée elle-même qui, mise en regard d'une autre pensée par un contraste brusque et violent, doit, sur-le-champ, produire une alliance aussi piquante que juste et inattendue.

(Echo Roannais, — 2 avril 1865.)

MATHÉMATIQUES *.

De cette science sévère

Savez-vous quel fut l'inventeur ?

C'est le diable, la chose est claire,

Qui la fit pour damner sur terre

L'élève avec le professeur.

FELLETIN. — Petit-Séminaire, 16 mai 1865.

---

* On s'étonnera sans doute de voir cette bluette parmi les quatrains ; un jeune élève m'avait *naïvement* demandé, sur ce sujet, un *quatrain de cinq vers !!!* A. B.

ANGE ET PUCE.

Hier, j'ai fait un songe étrange :
Vers le ciel, prenant mon essor,
Je rêvais que j'étais un *Ange*
Et que j'avais des ailes d'or ;
Mais, du sort admirez l'astuce,
De mon destin émerveillé,
Je fus en sursaut réveillé
Par la piqûre d'une *puce*.

Roanne,
Collége, 26 Mars 1865.

LE PROSPECTUS.

Depuis les jours lointains où feu Cincinnatus
Ramait ses chous, chacun, sur cette vieille terre,
Ne fait-il pas, avec plus ou moins de mystère,
Chacun ne fait-il pas son petit *Prospectus* ?

Montmorillon,
Petit-Séminaire, 29 mai 1865.

PRÊTRE ET SOLDAT.

Le prêtre et le soldat, sur notre pauvre sphère,
Tous les deux en guerriers, marchent sous le ciel bleu;
Mais le soldat combat pour un roi de la terre,
    Et le prêtre combat pour Dieu.
    Et quand, jetant des cris d'alarmes,
    Les noirs combats font tout trembler,
    Le *prêtre* alors sèche les larmes
    Que le *soldat* a fait couler.

MONTBRISON, — Petit-Séminaire, 20 février 1865.

POLICHINELLE.

Dût le fait vous sembler un peu paradoxal :
Les hommes ici-bas sont des *polichinelles*,
    Tous nous sautons tant bien que mal,
    Mais le bon Dieu tient les ficelles.

ANGOULÊME,
Salle Philharmonique, 20 juillet 1865.

CRAPAUD ET CATHÉDRALE.

(Le rhythme et le nombre de vers avaient été fixés.)

Lorsque je vois Renan,
Armé d'une écritoire,
Vouloir mettre à néant
Jésus et son histoire,
Je crois voir, non à tort,
Un *crapaud* noir et sale
Baver avec effort
Contre une *cathédrale.*

SAINT-JODARD (Loire),
Petit-Séminaire, 25 Mars 1865.

GASTRONOME.

Ne vous étonnez pas si le lourd *gastronome*
N'a jamais d'un beau livre admiré la douceur :
C'est qu'il a, le pauvre cher homme,
Le ventre à la place du cœur.

MONTBRISON,
Petit-Séminaire, 20 février 1865.

CLOCHER ET MELON.

Melons ou clochers dans nos poches
Seraient gênants... C'est gros et d'ailleurs un peu long :
Mieux, je crois, vaut laisser le *clocher* sur les cloches
Et sous la cloche, le *melon*.

MONTMORILLON,
Petit-Séminaire, 22 mai 1865.

· GLOIRE ET CLOUS DE SOULIERS.

(Rhythme fixé.)

Des poètes la vie est chose dérisoire :
Ce sont assurément des hommes singuliers;
Car ils s'en vont, cherchant la fortune et la *gloire*,
Quand ils n'ont même pas de *clous à leurs souliers*.

Séminaire de La Chapelle, près BEDFORT, 12 Juin 1864.

ÉPITAPHE D'UN ENFANT.

(Rimes et sujet fixés.)

Le ciel l'enviait à sa *mère*,
A ce monde il a dit *adieu* ;
Cet ange égaré sur la *terre*
A voulu retourner vers *Dieu*.

Couvent de PRADINES (Loire), 2 avril 1865.

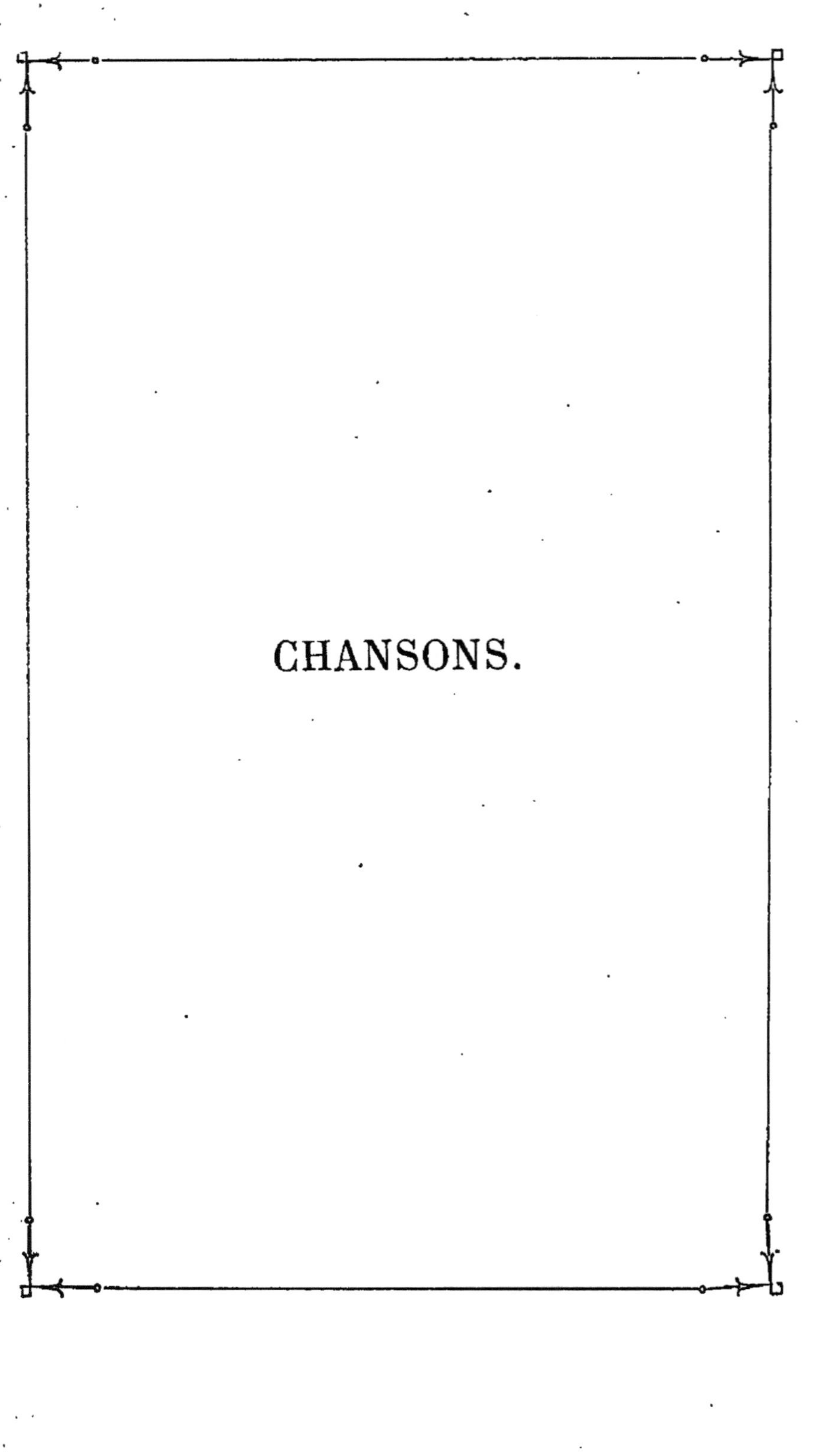

CHANSONS.

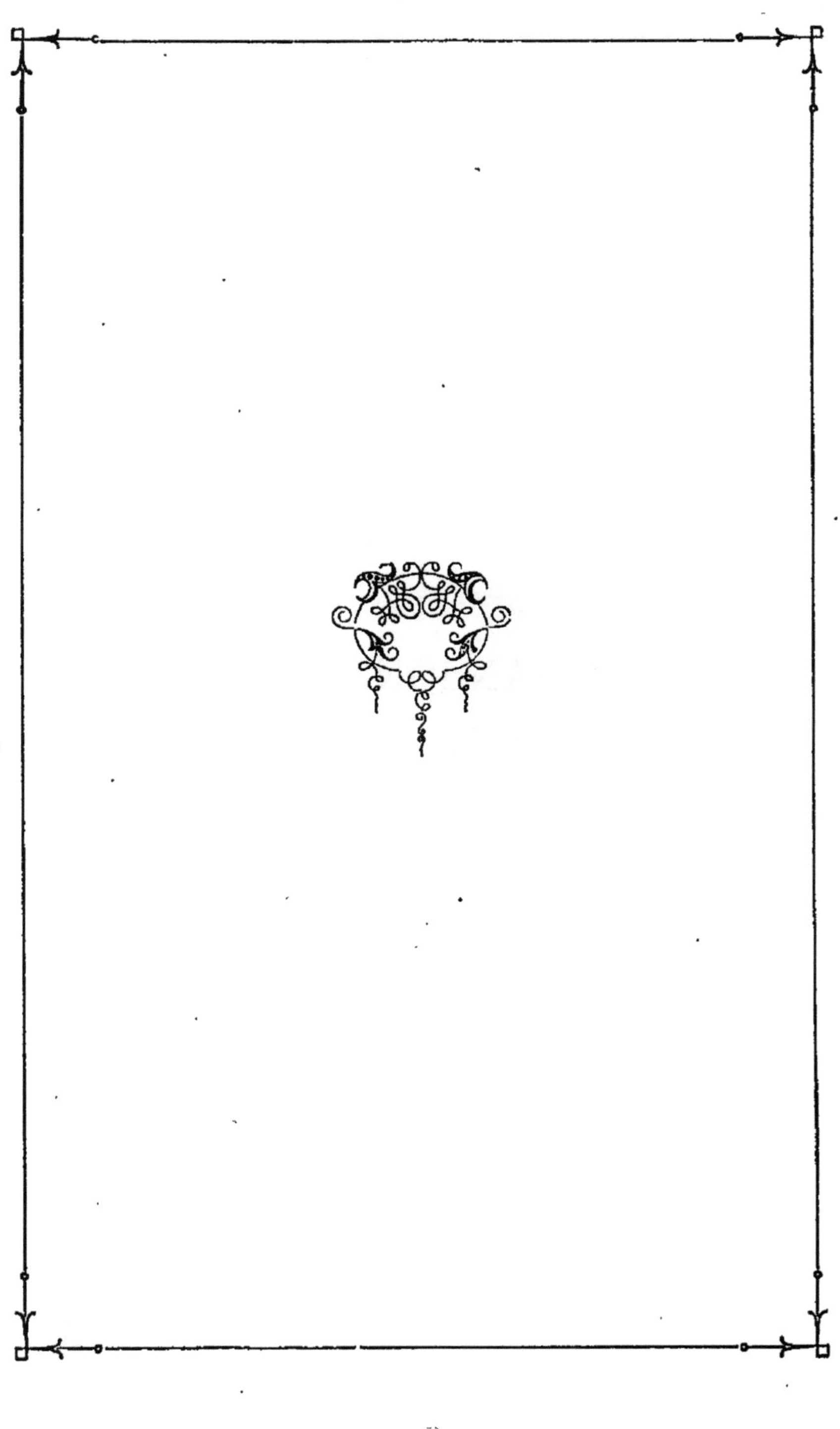

CHANSONS.

PAPA BONTEMPS.

Si vous voulez savoir mon âge,
Mes bons enfants, j'ai quatre-vingts,
Pourtant j'ai gardé mon courage
Et je prise assez les bons vins...
Dieu m'a donné, pour mon partage,
Un cœur jeune et des yeux brillants,
Et les habitants du village
M'ont surnommé papa Bontemps.

Laissons les vieillards à l'air grave
Nous vanter la sobriété,
Et, dans les plaisirs de la cave,
A grands flots puisons la gaîté.
Pour moi, devant une bouteille,
Je crois retrouver mes vingt ans,
Et jamais le jus de la treille
N'a vu bouder papa Bontemps.

Bien que plus d'une bonne vieille
Trouve en cela que j'ai grand tort,
Je préfère un vin qui m'éveille
Au sermon qui souvent m'endort.
Aussi, près de mes gais compères,
Lorsque j'aurai vécu mon temps,
Je voudrais bien qu'au bruit des verres
On enterrât papa Bontemps.

Pourtant, si j'ai bonne mémoire,
J'ai lu, non sans quelque souci :
« L'ami, ce n'est pas tout de boire
Il faut encor sortir d'ici... »
On trinque peu dans l'autre monde,
Y serons-nous tous bien contents?
Et quand il faudra passer *l'onde*
Que diras-tu, papa Bontemps?

VEVEY (Suisse),
Pensionnat Sillig, Octobre 1864.

LES PLAINTES DE L'ÉCONOME.

Sujet donné pour être traité en strophes de quatre vers avec la condition du retour, à la fin de chaque strophe, du mot ÉCONOME.

« Ouf !.... je suis prêt à plier,
J'en perds la soif et le somme.
Grand Dieu ! quel maudit métier
Que le métier d'*économe*.

« Si l'on a trouvé les plats
Indignes d'un gastronome,
A qui s'en prend-on ? hélas !
C'est toujours à l'*économe*.

« Enfin, du matin au soir,
Comme une bête de somme,
La cuisine et le dortoir
Font enrager l'*économe*.

« Si quelqu'un pense autrement,
Je veux bien que l'on m'assomme;
Mieux vaudrait être serpent
A l'église , qu'*économe*. »

Je sais un homme parfait,
Digne des beaux temps de Rome,
Et qui régit son budget
Sans être trop *économe*.

Il est gras et guilleret...
Mais je finis , car, en somme,
Vous avez , dans ce portrait,
Reconnu votre *économe*.

RICHEMONT ,
Petit-Séminaire , 16 Juillet 1865.

LE COGNAC.

Le sujet devait être traité en strophes, le mot COGNAC revenant à la fin de chaque strophe.

Je veux, d'une voix enflammée,
Chanter, sur un air de bivouac,
Le doux jus dont la renommée
Illustre les murs de *Cognac.*

Pour chasser bien loin la tristesse,
Pour se faire un bon estomac,
Rien ne vaut l'agréable ivresse
Que nous verse le vieux *cognac.*

Aux tempêtes faisant la figue,
Le matelot, sur le tillac,
Oublie un moment la fatigue
En buvant un peu de *cognac.*

Et, dans une douce allégresse,
Sous le froc , la bure et le frac,
Nous voyons que chacun s'empresse
Autour d'un flacon de *cognac*.

Mais je chante comme un ivrogne ,
Et j'entends, *ab hoc et ab hac*,
Dire que mes vers et ma trogne
Sentent beaucoup trop le *cognac*.

Angoulême ,
Lycée , 13 Juillet 1865.

L'EXCUSE DE CADET.

(Rhythme imposé.)

Vers imposés { 4e vers : *C'est vrai, Monsieur, Cadet a bu.*
{ 8e vers : *Je ne vous fons point de sottise* *.

Cadet mange écu par écu
En vidant son verre à la ronde,
Puis il répond quand on le gronde :
« *C'est vrai, Monsieur, Cadet a bu.*
« Faut ben un peu que je me grise
« Pour que je noyions le chagrin ;
« Mais, quand je me trouvons en train,
« *Je ne vous fons point de sottise.* »

Du cabaret hôte assidu,
Son nez a des teintes vermeilles ;

---

* CADET est le franc ami de la dive bouteille. Il est
fort connu dans le pays de Marçay, et les deux vers
imposés sont, parait-il, un de ses refrains d'habitude.

Parfois en cassant les bouteilles :
« *C'est vrai, Monsieur, Cadet a bu* »,
Dit-il à qui le catéchise,
  « Mais de sermons c'est ben assez ;
  « Quand je payons les pots cassés,
  « *Je ne vous fons point de sottise.*

Lorsque Cadet aura vécu,
Ayant vidé son dernier verre,
Il dira sans doute à Saint-Pierre :
  « *C'est vrai, Monsieur, Cadet a bu.*
  « Mais j'allions des fois à l'église,
  « Et dans ce jour je vous dirai
  « Ce que j'ai dit à mon curé :
  « *Je ne vous fons point de sottise.* »

MARÇAY (Vienne), 12 août 1865.

TRIOLETS.

TRIOLETS.

LE CLOCHER DU SÉMINAIRE.

A l'ombre du clocher béni
De votre Petit-Séminaire ,
L'hirondelle abrite son nid
A l'ombre du clocher béni.
Et moi j'ajoute : Heureux celui
Qui peut passer sa vie entière,
A l'ombre du clocher béni
De votre Petit-Séminaire.

MONTMORILLON, Petit-Séminaire, 29 mai 1865.

CHŒUR GÉNÉRAL DES LITTÉRATEURS

A LA NOUVELLE DE LA MORT D'UN ACADÉMICIEN.

A l'Institut vaque un fauteuil,
Oh ! que je suis mal sur ma chaise !
Un immortel a tourné l'œil,
A l'Institut vaque un fauteuil.
Pour passer cet auguste seuil,
Je ferais le saut du trapèze.
A l'institut vaque un fauteuil ,
Oh ! que je suis mal sur ma chaise !

NANCY, Collége de la Malgrange , 9 juillet 1865.

MON PARRAIN.

Cinq Triolets demandés sur les rimes en
AC — EC — IC — OC — UC.

Mon parrain a passé le bac
A Caron, cela me détraque.
Juste ciel! quel coup de Jarnac!
Mon parrain a passé le bac ;
Il ne m'a laissé qu'un vieux sac
Et deux tomes de Télémaque.
Mon parrain a passé le bac
A Caron, cela me détraque.

Mon parrain connaissait le grec
Et les ouvrages de Sénèque.
Bien qu'il fût natif de Québec,
Mon parrain connaissait le grec,
Le turc et le chinois avec :
Il était né pour être évêque.
Mon parrain connaissait le grec
Et les ouvrages de Sénèque.

Mon parrain était un loustic
Possédant un nez à l'antique.
Bien qu'au fond sans fiel et sans tic,
Mon parrain était un loustic.

Il était fin comme un aspic,
Maigre comme un poëme épique.
Mon parrain était un loustic,
Possédant un nez à l'antique.

Mon parrain aimait le tic toc
Fait par les verres que l'on choque.
Comme il avait porté le froc,
Mon parrain aimait le tic toc ;
Il préférait la terre au roc,
Le civet aux œufs à la coque.
Mon parrain aimait le tic toc
Fait par les verres que l'on choque.

Il est mort comme un archiduc,
Sans baisser un instant la nuque.
Invoquant saint Pierre et saint Luc,
Il est mort comme un archiduc,
Me léguant, en guise de truc,
Un tonneau vide et sa perruque.
Il est mort comme un archiduc,
Sans baisser un instant la nuque.

ANGOULÊME,
Salon de M. de la Morière, 19 juillet 1865.

AU REVOIR.

Permettez-moi de vous dire,
Non adieu, mais au revoir.
Votre indulgence m'inspire.
Permettez-moi de vous dire
Que vos bravos à ma lyre
Ont rendu tout son espoir.
Permettez-moi de vous dire,
Non adieu, mais au revoir.

POITIERS,
Collége Saint-Joseph, 2 juillet 1865.

TABLE.

BOUTS-RIMÉS.

SONNETS.

QUATRAINS ET RAPPROCHEMENTS IMPRÉVUS.

CHANSONS.

TRIOLETS.

POITIERS. — TYP. DE HENRI OUDIN.

TYPOGRAPHIE OUDIN
à Poitiers.